668件

可写的小事

潘常仲 编著

山东教育出版社

·济南·

图书在版编目（CIP）数据

668 件可写的小事 / 潘常仲编著 . -- 济南 : 山东教育出版社 , 2024. 10. -- ISBN 978-7-5701-3370-3

Ⅰ. I04

中国国家版本馆 CIP 数据核字第 2024YP9507 号

JIAN KE XIE DE XIAO SHI

668 件可写的小事

潘常仲　编著

主管单位：山东出版传媒股份有限公司

出版发行：山东教育出版社

地址：济南市市中区二环南路 2066 号 4 区 1 号

邮编：250003

电话：（0531）82092660

网址：www.sjs.com.cn

印刷：济宁华兴印务有限责任公司

开本：880 毫米 × 1240 毫米　1/32

印张：6

字数：80 千

版次：2024 年 10 月第 1 版

印次：2024 年 10 月第 1 次印刷

印数：1–23000 册

定价：59.8 元

（如有印装质量问题，请与印刷厂联系调换）

电话：0537-2396739

前　言

在生活的滚滚洪流中，我们常常渴望找到那一颗颗璀璨的珍珠，发现那些能触动心灵、引发思考、唤起回忆的瞬间。而《668件可写的小事》恰似一座宁静的港湾，邀请你停下匆忙的脚步，重拾那些被忽略的美好。

这本书并非一本传统意义上的书，它更像是一把神奇的钥匙，开启通往内心世界的大门。668个写作主题，如同668条不同的路径，带你穿梭于回忆的长廊、幻想的王国和现实的街巷；668个写作主题，如同668颗璀璨的星辰，散落在浩瀚的夜空，等待着你去探索、去捕捉。

每一件小事，都是生活给予我们的礼物。也许是一次雨中的漫步，让人享受雨滴轻轻敲打伞面奏出的一曲自然的旋律；也许是一杯热气腾腾的咖啡，那醇厚的香气弥漫在空气中，带来片刻的宁静与温暖；也许是公交车上的一次让座、一个微笑，传递着人性的善良与美好。这些小事，看似平凡，却蕴含着无尽的力量，它们是生活的底色，是我们情感的源泉。

写作，是一种表达，更是一种发现。当你拿起笔，面对这668件可写的小事时，你会发现自己的内心世界是如此丰富多彩。那些被岁月掩埋的回忆，那些未曾说出的情感，那些对未来的憧憬与梦想，都将在你的笔下一一呈现。

这本书将成为你心灵的挚友，陪伴你走过人生的每一个阶段。无论你是初涉写作的新手，渴望找到表达自我的出口，还是经验丰富的写手，寻求新的灵感冲击，这本书都能满足你的需求。无论是在旭日初升的清晨，还是在清凉宁静的夜晚，你都可以翻开这本书，选择一个主题，让思绪自由地流淌。你可以用简洁的文字记录下那一刻的感受，也可以展开丰富的想象，编织出一个动人的故事。这里没有评判，没有标准，只有你最真实的表达。

《668件可写的小事》，它不仅仅是一本书，更是一次心灵的旅程。让我们一起走进这个充满惊喜与感动的世界，用文字书写生活的美好，留下属于自己的独特印记。

1. 用三个词形容你现在的生活。

2. 你最喜欢的一张照片是什么时候拍的？背后有什么故事？

3. 如果你不喜欢的人对你表白，你会怎样礼貌地拒绝？

4. 你的梦想是什么?

5.给你的好朋友写一段生日祝福语。

6.写一个你曾经幻想过的科学构思。

7.你此时此刻的困扰是什么?

8. 如果你穿越到《西游记》里，碰到了唐僧师徒四人，你会说些什么？

_____

_____

_____

9. 你遇到过的最尴尬的事情是什么？

_____

_____

_____

10. 描述一场浪漫的相遇。

_____

_____

_____

11. 想象一下：古代最受欢迎的美食会是什么样子？

_____

_____

_____

12. 你做过最勇敢的事情是什么？

_____

_____

_____

13. 描述让你感到自豪的一次挑战。

_____

_____

_____

14. 描述你新认识的一位朋友。

_____

_____

_____

15. 描述你曾做过的最奇妙的梦。

_____

_____

_____

_____

16. 如果给你一支神奇的画笔，你会画出怎样的世界？

_____

_____

_____

_____

17. 如果让你写一个故事，主角可以拥有超能力，你会赋予他什么样的能力呢？

_____

_____

_____

_____

18. 如果你拥有珍妮的"七色花"，你打算许下哪七个愿望？

_____

_____

_____

_____

19. 什么是真正的幸福？你觉得到目前为止你经历的最幸福的事情是什么？

20. 说说你坚持最久的一个兴趣爱好。

21. 如果公园里突然来了一位不速之客，他会是谁？有什么故事？

22. 说出最近让你感动的一件事情。

23. 你最近一年的目标是什么？打算怎么实现它？

24. 如果给你一百块钱，让你一天花完，你会如何最大化使用？

25. 你做过最离谱的事是什么？

26. 描写一下你的小学同桌。

27. 用四组词语形容一下你的爸爸妈妈。

28. 描述一次下雨的场景。

29. 梦想对你来说意味着什么?

30. 描述一个对你影响很深的人。

_____

_____

_____

31. 用一段话描述你现在所处的环境。

_____

_____

_____

32. 赞美你最好的朋友。

_____

_____

_____

33. 描绘让你印象深刻的一场雪景。

_____

_____

_____

_____

34. 说说你做过的最后悔的一件事。

_____

_____

_____

_____

35. 说说朋友做过的最让你感动的一件事。

_____

_____

_____

_____

36. 如果你最喜欢的作家要以你为样本写一本书，你认为自己在他笔下是什么形象？

_____

_____

_____

_____

_____

37. 说说爸爸妈妈做过的最让你感动的一件事。

38. 你最喜欢玩的游戏是什么？

39. 如果让你陪爷爷奶奶玩一天，你会和他们玩什么？

40. 描述你经历过的最哭笑不得的一件事。

41. 现在脑海里默念一个人的名字，写下这个人的性格特征。

_____

_____

_____

42. 你最喜欢的职业是什么？为什么？

_____

_____

_____

43. 你认为人类世界未来会发生什么变化？

_____

_____

_____

44. 如果你能变成植物，你会变成什么？

_____

_____

_____

45. 如果你的朋友可以变成一种动物，你认为他会变成什么？说
说理由。

_____

_____

_____

_____

46. 你看到一个人独自去吃火锅，你认为他正在想什么？

_____

_____

_____

_____

47. 以唐朝为背景，写一个小故事。

_____

_____

_____

_____

_____

48. 哪些广告让你印象深刻?

49. 描述你最喜欢的植物。

50. 用五个词形容现在的自己。

51. 描述你的家庭氛围。

52. 给你的父母设计一个生日惊喜，你打算怎么做？

53. 描述你曾经为父母做过的一件难忘的事情。

54. 童年时期，你做过的最开心的事情是什么？

55. 最近几个月发生了什么好事？

56. 列出你最常用的五件东西。

_____

_____

_____

57. 如果各星球之间能互相对话，你觉得它们会说些什么？

_____

_____

_____

58. 描述曾经给你帮助最大的老师。

_____

_____

_____

59. 你现在最想做的是什么？

_____

_____

_____

60. 你的职业理想是什么？

61. 拥有一份工作对你来说意味着什么？

62. 你最近一段时间最大的收获是什么？

63. 你在公园里锻炼时，能看到什么，听到什么？

64. 作为一名艺术爱好者，请为社区举行的美术展建言献策。

_____

_____

_____

65. 你走进公园，看到墙角有垃圾，你该怎么办？

_____

_____

_____

66. 社区的美好环境需要大家一起维护，大家该怎么做呢？请谈谈你的看法。

_____

_____

_____

67. 把你的一次冒险经历写成新闻故事。

_____

_____

_____

68. 选一个你最喜欢的文学人物形象（不限古今中外），并进行简述。

_____

_____

_____

_____

69. 续写诗歌，第一行是："假如我是一片云"。

_____

_____

_____

_____

70. 写两句话赞美你对自己身体部位最满意的一处。

_____

_____

_____

_____

71. 如果外星人登陆地球，你认为它们会做什么？

72. 根据上题情景假设，谈谈外星人会那样做的原因。

73. 列出五种不同的蘑菇种类。

74. 用"粽子"为主题讲述一个一百字以内的小故事。

_____

_____

_____

75. 去年除夕夜你做了什么？

_____

_____

_____

76. 写出你好朋友身上值得学习的优点。

_____

_____

_____

77. 你身边自我要求严格的人是什么样子的？

_____

_____

_____

78. 你小时候对爸爸妈妈撒过什么谎？

79. 你的名字是谁给你起的，有什么意义？

80. 说说你 QQ 昵称的由来。

81. 吐槽一下你最讨厌的一种食物。

82. 写一封寄给"梦想"的信。

83. 如果半夜失眠睡不着，你会做些什么？

_____

_____

_____

84. 面对一个懒惰的人，你会对他说些什么唤醒他奋斗的勇气？

_____

_____

_____

85. 你最拿手的一道菜是什么？

_____

_____

_____

86. 描述一下你家乡最有名的景点。

_____

_____

_____

_____

87. 如果一只蚂蚁遇到神仙，神仙赐给它一个愿望成真的机会，它会许下什么愿望？

88. 如果可以选择带一样东西和你一起穿越到古代，你会选择哪一样？

89. 你看过的电影中，最喜欢的是哪一部？描述一下其内容。

90. 假设你偶然遇到了自己最喜欢的明星，会对他说什么？

_____

_____

_____

91. 你最喜欢哪个城市？说说喜欢的理由。

_____

_____

_____

92. 你最喜欢的人是谁，他身上有哪些值得你学习的地方？

_____

_____

_____

93. 你认为《西游记》里最有魅力的人物是谁？为什么？

_____

_____

_____

_____

94. 如果你的生命只剩下一天，你会做什么？

_____

_____

_____

95.如果你现在要去另一个城市生活，你会选哪个城市？

_____

_____

_____

96. 如果有飞翔的能力，你会飞向哪里？

_____

_____

_____

97. 如果让你穿越到古代，你会选择哪个朝代？

_____

_____

_____

98. 你和你的朋友之间发生过最开心的事情是什么？

_____

_____

_____

99. 如果你变成一位退休老人，你会做什么？

_____

_____

_____

100. 如果你变成一个五岁小孩，但仍保持现在的记忆，你觉得会发生什么？

_____

_____

_____

101. 如果你是美食家，你将怎么宣传美食。

_____

_____

_____

102. 如果你变成一只能跑能跳的动物，你认为是哪一种动物？描述一下你会做什么。

_____

_____

_____

103. 如果你可以选择自己的梦境，你会选择什么样的？请描述梦的情景。

_____

_____

_____

104. 写一段原创歌词。

_____

_____

_____

105. 描述你和朋友一起玩得最开心的一天。

_____

_____

_____

106. 你最喜欢的歌词是哪一句?

107. 朋友难过时,你会说什么话安慰他?

108. 记录一次旅游经历。

109. 你最想回到生命中的哪个瞬间?

110. 你请假去面试，结果在面试公司遇到了现在的主管。描述一下在这样的情境下会发生什么。

111. 如果有一位同学想辍学，让你去开导，你要怎样劝他？

112. 给你喜欢的电影写一段推荐语。

113. 选一首最能概括你性格的歌曲。

114. 写一下你的人生规划。

115. 如果你是一名教师，班上有学生早恋，你会怎么处理?

116. 列举三种你最喜欢的解压方式。

117. 中华五千年历史，留下了许多珍贵的国宝，请你选出自己最喜欢的一件，围绕它发生的历史故事写一篇文章。

_____

_____

_____

_____

_____

_____

118. 根据以下题目，分别用一句话介绍一下它们的内容：《梦境世界的奇幻冒险》《神秘物品的奇异力量》《平行时空的另一个自己》。

_____

_____

_____

_____

_____

_____

119. 写三个你知道的谜语和对应的答案。

_____

_____

_____

120. 描述你和爸爸妈妈出去玩的一次经历。

_____

_____

_____

121. 描述你上一次哭泣的原因。

_____

_____

_____

122. 在你的经历中，最快乐的是哪一天？那天做了什么？

_____

_____

_____

_____

123. 给你喜欢的人写首诗。

_____

_____

_____

124. 你觉得奶奶的针线盒里放了什么？

_____

_____

_____

125. 你觉得最有挑战性的任务是什么？

_____

_____

_____

126. 写一件让你发飙的事。

_____

_____

_____

127. 写一则产品召回公告。

128. 为家乡的特产写一条广告。

129. 在你的经历中，最难过的是哪一天？那天做了什么？

130. 你想发明什么改变世界？

131. 如果你要养一只宠物，你会选择养什么？为什么？

132. 你最近一次和妈妈说的一句话是什么？

133. 四大名著中，你最喜欢哪一本？为什么？

134. 给四大名著各写一百字的推荐语。

135. 说一个只有你自己知道的小秘密。

_____

_____

_____

136. 如果植物可以说话，你会和哪一种植物对话？

_____

_____

_____

137. 如果食物会说话，你认为它们为了避免被吃掉会说些什么？

_____

_____

_____

138. 假如食物的味道能够治愈疾病，想象一种可以消除焦虑的食物，描述它的味道和其发挥疗效的过程。

_____

_____

_____

139. 假如你能穿越到古代，遇到了孔子，你会对他说些什么？

140. 根据上面穿越的情景对话，谈谈你为什么会说出那些话。

141. 如果爱迪生穿越到 21 世纪，最让他感到惊奇的会是什么？

142. 根据上面的回答，谈谈爱迪生惊奇的原因。

143. 吐槽一首你认为最难听的歌。

144. 介绍你最喜欢做的三件事。

145. 描述你房间的布局。

146. 如果丧尸攻击人类，你会做些什么？

147. 介绍一个你喜欢的节日。

148. 最近看的一本书叫什么名字？

149. 写三句你知道的歇后语。

150. 写一份你明天的计划。

_____

_____

_____

151. 如果你和朋友被困在山洪中，你们该怎么办？

_____

_____

_____

152. 如果你变成了你的好朋友，你会做什么？

_____

_____

_____

153. 如果你有了一个能实现愿望的神灯，你会做什么？

_____

_____

_____

154. 描写一下你走进菜市场的感受。

_____

_____

_____

155. 你认为哪种蔬菜最好吃?

_____

_____

_____

156. 描述你见过的一次最大的雨。

_____

_____

_____

157. 描述你见过的最美的月亮,以及那天晚上的夜景。

_____

_____

_____

158. 假设你有一次和鲁迅交流怎样学好文学、怎样爱国报国的机会，给鲁迅写一封信。

_____

_____

_____

_____

_____

159. 用三个词来形容一个人物，你会用哪些词？为什么？人物可以是真实的人物，比如历史人物、明星、身边的朋友等，也可以是虚构的人物，比如小说、电影、动漫中的角色。

_____

_____

_____

_____

_____

_____

160. 你是一个感性的人还是理性的人？为什么？

_____

_____

_____

_____

161. 写出自己的三个缺点，并说说怎么改正。

_____

_____

_____

_____

162. 写出自己的三个优点，说说怎么发扬光大。

_____

_____

_____

_____

163. 如果你是一个来自 2088 年的穿越者，来到现代社会，你认为会发生什么？以此为中心写一个故事。

---

164. 假设你被困在一个荒岛上，只能依靠一种食物生存。详细描述这种食物的味道，以及随着时间的推移，你对这种味道的感受变化。

---

165. 如果你可以选择一位历史上有名的画家给你画肖像，你希望是谁?

166. "上学路上，我看见一个五岁小孩独自在街边哭"，续写后面的故事。

167. 人类留下的时间胶囊，你认为里面会有什么?

168. 描述行星撞击地球的场景。

169. 你认为人类最伟大的三样发明是什么?

170. 描述家里你最满意的一件家具。

171. 你认为你的人生主题应该是什么?

172. 谈谈《红楼梦》中林黛玉的形象。

173. 谈谈《红楼梦》中贾宝玉的形象。

174. 谈谈《红楼梦》中王熙凤的形象。

175. 谈谈《红楼梦》中刘姥姥的形象。

176. 谈谈《西游记》中孙悟空的形象。

177. 谈谈《西游记》中猪八戒的形象。

_____

_____

_____

178. 谈谈《西游记》中唐僧的形象。

_____

_____

_____

179. 以人类对月球的了解，谈谈移居月球的可能性。

_____

_____

_____

180. 你认为最优秀的古代帝王是哪一位？为什么？

_____

_____

_____

_____

181. 你最喜欢的古代诗人是哪一位？为什么？

182. 写出你最喜欢的一首古诗，并赏析诗句。

183. 如果你可以拥有一项超能力，你希望是什么？

184. 谈谈你对"摆烂"这一网络热词的看法。

185. 你养过宠物吗？说说你的饲养感受。

186. 如果在路上看到一群人围在一起,你认为发生了什么事?

187. 描述上一次中秋节发生的事情。

188. 以《常回家看看》为题写一段五百字左右的文字，注意体现爸爸妈妈的性格特点。

189. 创作一个以某个虚构星球为背景的冒险故事，描述主角在上面的奇妙经历，如遇到奇特生物、解开神秘遗迹的谜题等。

190. 如果你可以改变身上的某个外貌特征，你会选择哪个？为什么？

191.《红楼梦》中的"金陵十二钗"，你最喜欢哪一个？为什么？

192. 给你十块钱，你会买些什么？

193. 向仇人描述你的快乐。

194. 向恩人描述你的悲伤。

195. 向盲人描述春天。

196. 金庸的小说中，你最欣赏哪个人物？为什么？

197. 如果让你穿越到金庸的小说中，你会选择哪一本？为什么？

198. 用一段文字介绍你曾经旅游过的一座城市，再说一说它最突出的特点是什么。

199. 描述一下你此刻看到的身边的任何一件物品，并说说它最主要的用途。

200. 如果可以选择，你愿意生活在哪个时代？为什么？

201. 一天，你在仰望星空时，突然思考: 宇宙的尽头到底是什么？是无尽的黑暗，还是另外一个神秘的世界等待着我们去探索？或许在那遥远的地方，有着与我们完全不同的生命形式，它们的科技、文化和生活方式会是怎样的呢？请发挥想象，写一篇文章。

202. 想象分手的那一瞬间，时间停止了，周围的人和物都被定格，只有主角还能活动，描述他在这静止世界中的所思所想。

203. 你最不能忍受好朋友身上出现什么缺点？

204. 如果你误入了桃花源，你会怎么做？

205. 你最喜欢的运动是哪一项？

206. 对你来说最重要的事是什么？

207. 假如让你和唐僧师徒一起去西天取经，你最害怕路上碰到哪一个妖怪？为什么？

_____

_____

_____

_____

208. 如果你成了专业的运动员，你最想挑战谁？

_____

_____

_____

_____

209. 如果你被商店店主冤枉是小偷，你该怎么办？

_____

_____

_____

_____

210. 描述一次最令你害怕的经历。

_____

_____

_____

211. 你希望未来的另一半具有哪些特质？

_____

_____

_____

212. 描述上次和朋友聚会的经过。

_____

_____

_____

213. 你期待的秋天是什么样子的？

_____

_____

_____

_____

214. 你最喜欢的一副春联是什么?

_____

_____

_____

215. 你的座右铭是什么,为什么是它?

_____

_____

_____

216. 写一则冷笑话。

_____

_____

_____

217. 你会因为什么拉黑自己社交平台上的好友?

_____

_____

_____

218. 选读一本传奇故事书，想象你和故事中的主人公生活一天会发生什么。

_____

_____

_____

_____

219. 你最喜欢的作家是谁？他有哪些让你印象深刻的作品？

_____

_____

_____

_____

220. 接到一个冒充你领导打来的诈骗电话，你会怎么回应？

_____

_____

_____

221. 假如植物会说话，你最想跟它们说些什么？请选择一种植物，把你们的对话写下来。

222. 给你最喜欢的男演员写一封信，跟他探讨一个他演过的角色。

223. 假如动物会说话，你最想跟它们说些什么？请选择一种动物，把你们的对话写下来。

224. 如果今天是你人生中第一天上班，你觉得会发生什么？

225. 如果孙悟空也有朋友圈，他会发什么？

226. 你认为"松弛感"是一种什么样的状态？

227. 你认为在别人眼里你是一个什么样的人？

228. 你认为自己过去做过最牛的事情是什么？

229. 你最近一次跟人吵架是什么时候？你俩现在的关系如何？

230. 用十种不同的方式表达"你很棒"。

231. 你最喜欢的电视剧是什么？为什么？

232. 你最喜欢哪一种花？为什么？

233. 你最喜欢自己卧室里的什么东西？为什么？

234. 给未来的自己打一个电话，你会说什么？

235. 描写一个刚出生的小动物。

236. 以"秋雨""桂花""明信片"为关键词写一个故事。

_____

_____

_____

_____

_____

_____

237. 在广袤无垠的沙漠中，你艰难地向前走着，炽热的阳光无情地烘烤着大地，每走一步都仿佛要耗尽全身的力气。突然，在一座沙丘的背面，你遇到了一块半埋在沙中的古老石碑。你费力地将它周围的沙子清理掉，石碑上刻着一些模糊的字迹。上面写着什么？

_____

_____

_____

_____

_____

238. 去一家咖啡厅找到一位正在喝咖啡的人，形容一下他是什么样的人，并猜猜他是做什么工作的。

_____

_____

_____

239. 以孩子的口吻记述一次难忘的春节。

_____

_____

_____

240. 给你曾经的一位同桌写一封信。

_____

_____

_____

241. 为我们生活的地球写一首诗。

_____

_____

_____

242. 在你看过的小说中，让你印象最深刻的角色是谁？举出这一角色身上发生的一两件典型事件。

_____

_____

_____

_____

243. 在教过你的老师中，你印象最深刻的是哪一位？请描述一下这位老师的样子。

_____

_____

_____

_____

244. 如果你现在是一名教师，描写一下你一天的工作安排。

_____

_____

_____

_____

245. 当你感到孤独的时候，你会怎么做？

_____

_____

_____

246. 地铁上一个姑娘在低头抹眼泪，她可能经历了什么事情？

_____

_____

_____

247. 刚参加工作不久的你这一天正在工作的时候，突然发生了地震，你该怎么做？

_____

_____

_____

248. 给自己写一段介绍语。

_____

_____

_____

249. 如果你突然中了 500 万的彩票，你会怎么支配这笔钱？

_____

_____

_____

250. 大年夜，好友们打算去吃一顿大餐，再去看场电影，这期间大家会经历什么？

_____

_____

_____

251. 晚会上，你被主持人临时要求表演一个节目，你没有什么才艺技能，这时你会怎么做？

_____

_____

_____

252. 红烧肉的味道让你想起什么？

_____

_____

_____

253. 公交车上，你碰到了多年前曾经暗恋的一个同学，你会怎么打招呼？

_____

_____

_____

254. 如果给你一次跟古人对话的机会，你会选谁？又会说什么？请将你们的对话写下来。

_____

_____

_____

255. 如果你是一位国画大师，请为我们描述一下你自己最得意的那幅作品。

_____

_____

_____

256. 你去一家餐馆吃饭，看到上学时总是批评你的一位老师也在这里用餐，你会怎么过去打招呼？请写下你们之间的对话。

257. 一觉醒来，你发现自己变成了一只甲壳虫，你会怎么向父母解释？

258. 以"假如我是一只萤火虫"开头，写一首现代诗。

259. 用五个比喻句描述你养的小宠物。

260. 如果让你穿越到宋朝，你会怎么度过自己的一生？

261. 如果你的宠物会说话，它会对你说什么呢？

262. 描述一下去年端午节你是怎么度过的。

263. 你走在路上的时候捡到一封来自未来的信，这封信中会写什么内容呢？

264. 描述你曾经去过的最好玩的一个地方，以及在那里发生了什么印象深刻的事情。

265. 分别用一句话描写十二生肖所代表的小动物的特点。

266. 选择一种你最喜欢的食物，想象它有了自己的情感和思想。以它的视角，写一篇关于被品尝时的感受以及它希望给品尝者带来何种体验。

267. 如果你是秦始皇，你会怎么统一六国？

268. 你最近看的一本书是什么？请描述其中印象最深的一个片段。

_____

_____

_____

269. 假如可以穿越时空改变一个历史事件，你觉得会对现在的世界产生怎样不可预知的后果？

_____

_____

_____

270. 你会因为什么决定和一个人成为朋友？

_____

_____

_____

271. 你觉得自己的心理年龄是多少？说说原因。

_____

_____

_____

272. 你做过后悔的事情吗？如果让你回到过去，你会选择怎么改变这件事情？

273. 如果我们的心跳声可以被翻译成音乐，那你的心跳旋律会是什么样的？

274. 以"小精灵""蘑菇""小女孩"为关键词写一则童话故事。

275. 为最近热播的一个综艺节目撰写一段文案，言辞要公正客观。

_____

_____

_____

276. 你从桥上经过时，看到一个想要跳河轻生的小伙子，你会怎样劝他打消这个念头？

_____

_____

_____

277. 你理想中的 20 岁是什么样子的？

_____

_____

_____

278. 如何快速毁掉一段爱情？

_____

_____

_____

279. 请描述你上个周末是怎么度过的。

280. 你最喜欢喝哪种茶？为什么？

281. 描写周末的书店的情景。

282. 描写暴雨中的城市景象。

283. 你的好朋友邀请你周末去野外进行户外运动，为了安全起见，请你提前撰写一份野外求生指南。

_____

_____

_____

_____

284. "鹊桥相会"是我国古代一个美丽的传说，相传每年农历七月初七（七夕节），牛郎和织女都会在鹊桥上相会。如果你是一只搭建鹊桥的喜鹊，你会听到什么？

_____

_____

_____

_____

285. 如果你是一名导游，你会如何向游客介绍故宫博物院？

_____

_____

_____

_____

286. 你有给别人起过或者被起过外号吗？谈谈你对这件事的
看法。

287. 去年的这个时候你在哪里？正在做什么？

288. 以讲解员的身份向参观者介绍张择端的《清明上河图》。

289. 描述清晨第一缕阳光洒在脸上的感觉。

290. 描写一下你最喜欢的绿植。

_____

_____

_____

291. 给你的重孙辈留下一句话。

_____

_____

_____

292. 你所在的城市里最令你好奇的地方是哪里？并且说说好奇的原因。

_____

_____

_____

293. 如果能和《西游记》中的一个人物聊天，你会选择谁？为什么？

_____

_____

_____

294.你去拜访一位长者时看到他桌子上放着一本书，这会是一本什么书？里面讲述的是什么内容？

_____

_____

_____

_____

295.写出你认为爸爸妈妈做过最好吃的一道菜。

_____

_____

_____

_____

296.如果博物馆着火了，你会选择什么样的文物进行抢救？

_____

_____

_____

_____

297. 写一个关于你穿越到爸爸妈妈的小时候，带他们去玩一天的故事。

_____

_____

_____

_____

_____

298. 在一场备受瞩目的直播晚会中，当所有的目光都聚焦在舞台上时，一场意想不到的事故发生了：原本计划中精彩绝伦的杂技表演，由于道具故障，演员从高空坠落。现场瞬间陷入了一片混乱和恐慌，幸好台下有保护措施，没有造成人员伤亡。你作为主持人，该如何救场？

_____

_____

_____

_____

_____

299. 你有哪些别人没有的天赋？

300. 你最擅长做什么？

301. 描述一个你喜欢的科学家。

302. 描述一个上学时你们班很调皮的同学。

303. 你和好友的相处模式是怎样的？

304. 你最近一次发脾气是因为什么？

305. 如果要选择一种颜色来代表夏天，你觉得会是什么颜色？为什么？

306. 假如你刚赚到人生中的第一桶金，你打算怎么花？

307. 假如三天后是世界末日，这三天你会做些什么？

_____

_____

_____

_____

308. 如果未来将举办一场星际奥运会，让不同星球的"运动员"通过特殊的技术手段来参加比赛，比赛项目会有哪些特别之处呢？

_____

_____

_____

_____

309. 如果奥运会的比赛项目都变成了虚拟现实（VR）形式，运动员们通过虚拟世界同台竞技，那会是怎样的场景？观众又该如何观看和体验呢？

_____

_____

_____

_____

310. 外面正在下雨，你从窗外望去，看到一个外卖小哥在骑车赶路时不小心碰倒了一个行人，接下来会发生什么？请你以上面的场景为开头，写一个故事。

311. 如果有一台时光机能让古代的体育健将们来到现代参加奥运会，他们在现代的比赛规则和环境下会有怎样的表现？

312. 运用比喻、拟人、排比三种修辞手法描述一下你眼中傍晚的云霞。

313. 假如今天是除夕，吃完年夜饭后，你坐在窗前写着对明年的愿望和规划，你会写什么？

314. 用一段话描写你所在城市的春天的景色。

315. 你收到过最特别的礼物是什么？当时是谁送你的？

316. 在中国的二十四节气中，你最喜欢哪个节气？为什么？

317. 除了你自己之外，你手机相册里谁的相片最多？你们有着怎样的故事？

_____

_____

_____

318. 假设你拥有一种超能力，比如控制时间、心灵感应、瞬间移动、元素操控等。利用这种超能力你最想改变世界的哪个方面？比如消除贫困、治愈疾病、解决环境污染、维护世界和平等。请展开讲讲。

_____

_____

_____

_____

319. 如果你和两个好朋友来到一座荒岛，在这里你们会见到什么？又会发生什么惊险刺激的事情？

_____

_____

_____

_____

320. 在中国的传统节日中，你最喜欢哪个节日？为什么？

320. 如果你与平行时空中的另外一个自己相遇，你会对他说些什么？

322. 你在奶奶家的抽屉里发现了一张泛黄的旧照片，这张照片上的人是谁？这个人有着怎样的故事？

323. 当你遇到自己难以解决的棘手问题时，你会怎么办？

324. 如果有一种食物吃了之后可以让人永远保持快乐，你觉得会是哪种食物？

325. 写一首诗记录当下自己的心情，抒发内心的情感。

326. 你收到了一封暗恋已久的异性给你的信，这封信里会写些什么？

327. 想象自己穿越到古代会发生什么。

328. 想象自己是一个拯救世界的超级英雄，然后编写一篇科幻小说。

329. 创造一种全新的食物，赋予它独特的味道和口感。描述这种食物的制作过程以及品尝它时的奇妙感受。

330. 品尝一种新的美食，记录下它的味道和你的感受。

331. 烹饪一道美食，记录烹饪过程和心得。

332. 观察并记录一朵花的绽放过程。

333. 写一篇旅行日记，记录美好的回忆。

334. 回忆一件童年的趣事，写下当时和此刻的感受，感受纯真的美好。

_____

_____

_____

_____

335. 当你感到悲伤的时候，你是如何释放自己糟糕的情绪的？请写出十个自己释放情绪的方法。

_____

_____

_____

_____

336. 设计一个未来的城市，写下你的设计方案。

_____

_____

_____

_____

_____

337. 编写一个童话故事。

_____

_____

_____

_____

338. 想象自己在一个神秘的岛屿上冒险，然后撰写一篇冒险小说。

_____

_____

_____

_____

339. 你的性格是什么样的？你最想改变自己的哪一点？

_____

_____

_____

_____

340. 家庭对你来说意味着什么？

_____

_____

_____

341. 你和父母之间最难忘的回忆是什么？

_____

_____

_____

342. 如何处理和朋友之间的矛盾？

_____

_____

_____

343. 朋友对你的人生有何影响？你认为如何才能维持长久的友谊？

_____

_____

_____

_____

344. 你理想中的伴侣是什么样的?

_____

_____

_____

345. 你最喜欢的学科是什么? 为什么?

_____

_____

_____

346. 你最近读的一本让你深受启发的书是什么书? 你从中得到了什么样的启发?

_____

_____

_____

347. 你最近学会的一项新技能是什么?

_____

_____

_____

348. 你认为失恋后该如何走出来?

349. 你最近一次帮助别人的经历是什么?

350. 你认为该如何建立健康的恋爱关系?

351. 从小到大对你影响最大的一个人是谁? 为什么?

352. 你最难忘的一次旅行经历是什么？为什么？

353. 如果你有超能力，你会做什么？

354. 想象一个神秘的岛屿，描述上面的风景和生物。

355. 创造一个新的节日，描述它的庆祝方式。

356. 想象一个新的交通工具，介绍它的特点。

357. 如何在平凡的生活中寻找生活的乐趣？请结合自己的生活谈一谈。

358. 你小时候的梦想是什么？实现了吗？为什么？

359. 你家的餐馆里每天都会来一个中年男子，他每次都点同样的饭菜坐在同样的位置，这个人会是谁？他有着怎样的故事？

360. 请列举十种你能表达爱的方式。

361. 为自己的家乡撰写一个广告文案。

362. 如果朋友要去你的家乡做客，你会给他推荐哪些景点和美食？

363. 摘抄一段你最喜欢的文字，并模仿写出一段类似的内容。

364. 以"凌晨 1 点，我收到了朋友的求助信息"为开头编写一则故事。

_____

_____

_____

_____

_____

_____

365. 中国民间中有许多美丽、凄婉、动人的爱情传说，请从"天仙配""牛郎织女""白蛇传""梁山伯与祝英台""孟姜女哭长城"中任选一个爱情故事改编其结局。

_____

_____

_____

_____

_____

_____

366. 你最想对某个人说的话是什么?

367. 你最想回到过去的哪个时刻? 为什么?

368. 你想成为一个怎样的人?

369. 说说你印象最深的影视剧角色。

370. 你最喜欢的经典歌曲是什么？并说说喜欢的理由。

371. 你最崇拜的人是谁？为什么？

372. 你最喜欢的诗词是什么？用自己的话介绍一下。

373. 一场雨后，天上突然出现了海市蜃楼，描述你所看到的海市蜃楼。

374. 想象你被缩小到像蚂蚁一样大小，然后意外地进入了一个花园。花园里的昆虫和植物对你来说都变成了巨大的障碍和危险。写下你在这个"庞大"世界中的冒险故事。

_____

_____

_____

375. 选取一位名人的名言，比如"我走得很慢，但我从不后退"（亚伯拉罕·林肯）。想象自己是一个正在经历挫折但始终坚持的创业者，以第一人称的视角阐述这句话如何激励你不断前行。

_____

_____

_____

376. 描述你想象中的外星人的样子。

_____

_____

_____

377. 如果你是一个发明家，你最想为你的家乡发明什么？

_____

_____

_____

378. 看到两个好朋友正在争吵，你会怎么做？

_____

_____

_____

379. 写出三件你今天看到的有趣的事情。

_____

_____

_____

380. 介绍一下目前为止让你印象最深的一本书。

_____

_____

_____

381. 你对友情的理解是什么?

382. 你最喜欢金庸的哪部小说? 为什么?

383. 你最喜欢什么风格的歌曲? 为什么?

384. 假如明天是你父亲的生日, 请给他写一首诗。

385. 如果请你续写《红楼梦》后四十回，你会怎么写？简述大致内容。

386. 大家一定玩过游戏，请讲述一下，在一场游戏中如何快速升级，并获得胜利。

387. 说到你的母校时，你首先想到了什么？

388. 说说你遇到过的行为习惯奇怪的人。

389. 吐槽一个你身边的人。

390. 描述你理想的工作和生活状态。

391. 围绕你身边的人写一个小剧本。

_____

_____

_____

_____

392. 如果窗户能变成一个巨大的屏幕，让我们可以看到世界某一个地方的美景，你想看到哪里的美景？并将看到的美景描述一下。

_____

_____

_____

_____

393. 如果让你任选一个剧本，你最想扮演的角色是谁？为什么？

_____

_____

_____

_____

394. 在山上看日出的时候，你脑海里想到的诗句是什么？

395. 如果你要预订一个人工智能机器人，你希望它拥有什么功能？

396. 请写一篇去母校演讲的文稿。

397. 描述十年后的自己。

398. 选择一项新技能进行学习，畅想一下它能给你带来什么。

399. 如果已工作的你可以重新选择职业，你会选择做什么？为什么？

400. 你的兴趣爱好是什么？它们给你带来了什么？

401. 当你遭遇不公平对待时，你会怎么做？

402. 如果要对十年后的自己说一段话，你会说什么？

403. 你认为幸福是什么？请举出生活中的一件小事说一说。

404. 你是如何看待死亡的？

405. 设计一个你认为最厉害的角色形象和他的技能。

406. 有一天，新闻都在报道你，热搜上都有你，你认为是因为什么？

_____

_____

_____

_____

407. 在公园一个僻静无人的空地，你看到一个不明飞行物降落，并有外星人向你走来，此时你会怎么办？

_____

_____

_____

_____

408. 描述一个对你有重要意义的物件或地方。

_____

_____

_____

_____

409. 描述一个你最想得到的礼物。

_____

_____

_____

410. 如果你的影子可以获得一天的生命，你想让它做什么？

_____

_____

_____

411. 如果你失忆了，想象一下你失忆后的生活。

_____

_____

_____

412. 随便翻开一本有图画的书，翻开其中任意一幅图，展开想象，写成一个小故事。

_____

_____

_____

413. 用五个词语描述学生时代的自己。

_____

_____

_____

414. 你最无法忍受的一件事情是什么？

_____

_____

_____

415. 如果你要给路过的陌生人提一个问题，你想问什么？

_____

_____

_____

416. 想象你在一场热闹的同学聚会上，描述一下可能会发生的事情。

_____

_____

_____

417. 你曾经很想做但又不敢做的事情是什么?

418. 描述一只你见过的印象最深的动物。

419. 描述自己最喜欢的一首歌,并说明原因。

420. 为自己喜欢的一首歌曲重新填词。

421. 武则天作为中国历史上唯一的女皇帝，后世有大量以她为题材的文学、戏剧、影视创作。请你任选一部文学作品或者影视剧写一篇读（观）后感。

_____

_____

_____

_____

422. 描述影视剧中你认为最精彩的一个片段。

_____

_____

_____

_____

423. 如果时光倒流，你最想返回什么时候？为什么？

_____

_____

_____

_____

424. 描述一次独特的就餐经历。

_____

_____

_____

425. 通过视觉、听觉、嗅觉和触觉的描述，重现自己印象深刻的自然场景。

_____

_____

_____

426. 描述你住所附近的大街小巷。

_____

_____

_____

427. 描述你印象比较深的街坊邻居。

_____

_____

_____

_____

428. 你想象中未来的学校是什么样的？

_____

_____

_____

429. 描写一下家乡呈现的日新月异的发展变化。

_____

_____

_____

430. 推荐一本你最喜欢的书并做简单介绍。

_____

_____

_____

431. 你最想超越的人是谁？为什么？

_____

_____

_____

432. 你认为目前超市购物最需要改进的地方是什么？

433. 如果你是奥运会记者，负责采访刚刚获得冠军的运动员，你会问哪些问题？

434. 为了更好地进行垃圾回收，你认为便捷有效的方式有哪些？

435. 你看过最有趣的谜语是什么?

436. 描述一道你爱吃的美食。

437. 如果人类要移居到火星上去, 首先应该做的是什么?

438. 你遇到过最有挑战性的事情是什么?

439. 用自己的名字写一首诗。

440. 如果给自己新买的书架放上书，你会放哪些书？

441. 描述一件自己喜欢的衣服。

442. 如果你能从你羡慕的人身上获得他的一项技能，你想获得什么？

443. 如果你在梦中可以与未来的人交流，你想从未来人那里学到什么新的技术？

_____

_____

_____

_____

444. 你穿越到了一个科技高度发达但社会动荡的未来世界，你会如何利用自己的智慧来帮助这个世界恢复秩序？

_____

_____

_____

_____

445. 如果你是一位探险家，你会选择去哪里探险，会有哪些惊人的发现？

_____

_____

_____

_____

446. 如果李白来到现代，他会对哪个领域感兴趣，文学、科技、艺术，还是商业、政治？

_____

_____

_____

447. 如果你捡到马良的神笔，你最想画的是什么？

_____

_____

448. 描述一个你看到过的最有趣的创意设计。

_____

_____

_____

449. 为了保护地球，你认为自己能最大限度地做的事情是什么？

_____

_____

_____

450. 如果云层可以为人类利用，你认为可以用来做什么？

451. 写出五件让你感到开心的事情。

452. 如果给你一次重新选择的机会，你会选择怎样度过自己的一生？

453. 如果让你给《阿里巴巴和四十大盗》设计开启宝藏之门的密码，你会设计什么密码？

454. 假如你是一个行业的前辈，请你为新同事介绍你们行业的发展情况，并给他一些忠告和建议。

_____

_____

_____

_____

455. 如果让现在的你跟小时候刚入学时的你对话，你会说些什么？

_____

_____

_____

_____

456. 推荐两部你看过的经典电影，并给每部电影写一段推荐语。

_____

_____

_____

_____

457. 请列出爸爸的三个兴趣爱好。

458. 描述妈妈身上的五个优点。

459. 你最喜欢自己的什么?

460. 描述坐公交、地铁时让你印象深刻的一个人物和一件事。

461. 如果人类有尾巴，会和现在有哪些不同？

_____

_____

_____

462. 关于未来的医疗，你认为会有哪些不同？

_____

_____

_____

463. 如果你在森林中发现了一个新物种，简单描述它的特征。

_____

_____

_____

464. 如果你有机会修改《三国演义》里一个历史事件，你会选择修改什么历史事件，为什么？

_____

_____

_____

465. 如果你登上了泰山的顶峰，俯瞰山下时，你的感受是什么？

466. 描述你第一次打架的经历。

467. 描述一种你熟悉的植物的生长阶段。

468. 为落日晚霞写一篇美文。

469.《封神演义》里，如果没有苏妲己，商朝会灭亡吗？为什么？

_____

_____

_____

470.如果遇到一场大暴雨，想象一下身在家里、商场、户外的自己要分别如何安全自救？

_____

_____

_____

471.如果《骆驼祥子》中的祥子，遇到了《钢铁是怎样炼成的》中的保尔，会发生什么样的故事？发挥想象，写一段两人相遇的场景和对话。

_____

_____

_____

_____

472.你是如何度过自己的低谷期的?

473.《水浒传》里,如果宋江不同意招安,结局会怎样?

474.如果你能听得懂鸟兽虫鱼的语言,你会做些什么?

475.如果人类长出一双翅膀,会出现什么样的场景?

476. 你在厨房做饭时，突然有个陌生号码打过来，你认为会是谁打过来的？

_____

_____

_____

477. 描述你最喜欢的一个景点。

_____

_____

_____

478. 如果要求你在众人面前表演一项才艺，你会表演什么？

_____

_____

_____

479. 如果你来自未来，你会对现在的自己说些什么？

_____

_____

_____

480.如果真的有龙存在，你认为它长什么样子？有什么独特的习性？

481.朋友为你做过的最特别、最难忘的事情是什么？

482.如果你一觉醒来，发现自己在一个荒岛上，描述一下这个荒岛。

483.从一位救援者的视角出发，描述他在一场交通事故中的救援过程。

484. 如果人类的头发可以像植物一样进行光合作用，生活会有怎么样的改变？

_____

_____

_____

485. 描述你乘坐公共交通工具时让你最尴尬的一件事。

_____

_____

_____

486. 如果人可以像机器人一样随意更换身体部件，会出现什么样的情况？

_____

_____

_____

487. 用"魔法棒"和"星星"写一个小故事。

_____

_____

_____

488. 走入一个公共环境，任意挑选一个你印象深刻的人，快速记下你对此人的印象并写下来。

489. 这个世界上如果没有了书籍，你的生活将会怎样？

490. 找三个人询问发生在他们身上的最有戏剧性的事情是什么，从中挑选一个回答，根据回答写一个场景。

491. 如果有一位白发老人给了你一本书，你认为书的内容是什么？

492. 如果你可以和书中的一个角色成为好朋友，你希望是谁？为什么？

493. 你的朋友想让你帮他实现一个不可能实现的梦想，你觉得这个梦想会是什么？

494. 畅想一下未来的服装具有什么功能。

495. 你的朋友得到了一本神秘的日记本，你认为里面会记载着什么样的故事？

496. 如果你的房间可以变成任意一个场景，你最想把它变成什么样子？

497. 如果所有的交通工具都变成了动物，你会选择骑哪种动物出行？为什么？

498. 如果名著中的场景可以实体化，你最想去往哪个场景？

499. 如果故事的主人公可以改变自己的结局，选出一个人物，说说你认为他会做出什么改变。

500. 如果李白穿越到现代来参加诗词大会，会发生什么精彩的故事？

501. 如果你是小红帽，你会如何智斗大灰狼？试着写一段故事。

502. 如果翻开《桃花源记》这篇文章时，你被"吸入"美丽的桃花源中，简述一下，你在那里会发生什么样的故事？

_____

_____

_____

_____

503. 如果未来出现一种可以直接植入大脑的知识芯片，让人瞬间掌握各种学科的知识，人类生活会发生怎样的变化？

_____

_____

_____

_____

504. 如果你是大海里的一条鱼，描述你一天的所见所闻。

_____

_____

_____

_____

505. 如果未来的城市飘浮在天空中，那时候的人们将如何适应这样奇特的生活环境？

506. 如果你的房间内出现了一个神秘的传送门，想象一下，门后会是一个怎样的世界？

507. 如果未来存在可以调控气候变化的机器，会发生什么？

508. 用"河边""善良""一本书"这三个关键词创作一个小故事。

509. 由家里的一个老物件（如旧照片、旧家具等）展开，回忆与之相关的亲情瞬间。

_____

_____

_____

510. 假设一次突发的地震让城市陷入混乱，你和你的家人被困在倒塌的房屋中。描述你们如何求生、如何相互支持，以及在这个过程中的心理变化。

_____

_____

_____

511. 假如一艘豪华游轮在航行中突然遭遇冰山撞击，即将沉没。描述乘客们在生死关头的不同表现和抉择。

_____

_____

_____

512. 如果你是一个孩子的家长，你的孩子不爱学习，你打算怎么做？

513. 如果你是一个卧底记者，你打算去哪个行业进行卧底？为什么？

514. 你看到超市里围了很多人，你认为发生了什么事情？

515. 描述一次你孤立无援的心酸经历。

516. 你的信仰是什么？你如何理解信仰？

517. 描述一幅你喜欢的画作。

518. 描述你眼中的夏天。

519. 全球气温变高，你认为如何才能有效为地球降温？

520. 如果你是天上下凡的仙人，你认为自己可以做什么工作？为什么？

_____

_____

521. 你突然听不见了，你该如何度过你的这一天？这一天和之前的生活有哪里不一样？

_____

_____

522. 选择一至三个成语，写出一段故事。

_____

_____

523. 针对一个物品，用五个比喻句形容它。

_____

_____

524. 描述你所居住的城市。

525. 写出三个你自己领悟到的道理。

526. 如果你可以跟外星人交谈，你会说些什么？

527. 描述你最难忘记的事。

528. 有人敲门，你打开门看到一个陌生人，你认为他找你是因为什么？

_____

_____

_____

529. 描述你看到过的最奇怪的物品。

_____

_____

_____

530. 为你最好的朋友送一个特别的礼物，你会送什么？

_____

_____

_____

531. 分别用三个词形容过去的一年和即将到来的一年，并说明原因。

_____

_____

_____

532. 假如亲情有味道，你觉得它像哪种食物？描述这种食物以及它与亲情的关联。

_____

_____

_____

_____

533. 小明在图书馆借到了一本奇怪的书，这本书似乎被施了魔法，会自动变换内容。当小明试图把书还回去时，图书馆管理员却不相信他的话，他该怎么办？

_____

_____

_____

_____

534. 这本书开始影响小明的现实生活，比如让他看到一些奇怪的幻觉，这会给他带来什么麻烦？

_____

_____

_____

_____

535. 假如在一场重要的国际体育赛事中，突然发生看台坍塌事故。从一位运动员的视角，描述当时的场景和后续的救援行动。

536. 编写一个爱情故事：男女主角在经历了多次奇妙的相遇和错过后，最终走到了一起。

537. 假如友谊可以被测量，你会用什么样的单位来衡量？是欢笑的次数，还是陪伴的时长？

538. 如果人可以在太空中自由呼吸，那么太空探索会有什么样的进展？

_____

_____

_____

539. 如果未来人类可以实现瞬间移动，那么交通会发生怎么样的变化？

_____

_____

_____

540. 描述你身上最显著的特质。

_____

_____

_____

541. 思念一个人是什么感觉？

_____

_____

_____

542. 假设你拥有瞬间移动的超能力，你决定用这个能力去探索地球上最神秘的地方。写下你的探险经历和发现。

543. 假如未来人类使用的大部分能源都可以从太空中获取，我们的生活会发生什么变化？

544. 如果宇宙有边界，那么宇宙之外的世界会是什么样的？

545. 描写一场灾难性的事故。

546. 描写一场引发广泛关注的辩论。

547. 描述你印象中的夏日黄昏是什么样子的。

548. 假如你现在身处非洲，住在撒哈拉大沙漠，你最想在那里做什么？

549. 用内心独白的方式，想象一个人会怎样陈述他多么喜欢或讨厌一个人。

550. 假如梦可以穿越时空，你在梦中回到了古代或者去到了未来。详细描述你在不同时代的梦境经历以及从中获得的启示。

---

551. 假设英雄在完成一次重大使命后失去了所有的记忆，包括自己的英雄身份。描述他在重新找回记忆的过程中将会再次面临的新挑战。

---

552. 想象自己来到了一个完全颠倒的城市，天空在脚下，地面在头顶，人们行走在天花板上。详细描绘这个奇特城市中的建筑、交通和人们的生活。

---

553. 假如你是孙悟空，你最想做什么？描述一下你的一天。

_____

_____

_____

554. 面对一个穿着奢华的人，儿子不假思索就断定这个人徒有其表。作为父亲应如何教育自己的孩子？

_____

_____

_____

555. 设想一个场景，以"在一个暴风雨的夜晚"为开头，写一个故事。

_____

_____

_____

556. 用五句话描述一个场景，每句话不超过十个词。

_____

_____

_____

557. 假设存在一个魔法世界，人们的外貌会随着他们的性格变化而改变。比如，善良的人会长出翅膀，勇敢的人会拥有闪闪发光的铠甲。描述这个世界中一个人物的性格转变及其外貌的相应变化。

_____

_____

_____

_____

558. 假设食物有自己的思想和情感，比如一块蛋糕渴望被慢慢品尝而不是被狼吞虎咽，一颗草莓害怕被遗忘在冰箱的角落。以食物的视角，写一写它们的内心独白。

_____

_____

_____

559. 假设你加了一个神秘人的微信，聊得很投机，但突然被删除。后来你发现这个人的身份与一个即将发生的重大事件有关，你将如何努力去寻找被删除的原因和这个人的踪迹？

_____

_____

_____

560.上个星期六的晚上，你在做什么？用具体的细节描述你所在的地方。

561. 描述你迄今为止取得的最大的成果。

562. 制订一个改造老旧小区的计划。

563. 选择一件你讨厌的物品，赋予它情感和行为，将它写入你的故事中。

564. 想象自己穿越到了古代，在那里经历了一系列惊心动魄的宫廷争斗和江湖冒险。

_____

_____

_____

565. 以"雨夜""老街""咖啡店"为关键词，描述一个场景。

_____

_____

_____

566. 假设你拥有读心术。你会做什么？

_____

_____

_____

567. 你想拥有一款什么样的独特游戏？

_____

_____

_____

568. 你手机里的铃声是哪一首特定的歌曲？

569. 尝试写出五个网络新词语，并解释它们的意思。

570. 描述世界上最会伪装的生物。

571. 描述一只能穿越时空的猫。

572. 如果你是一名五星级大厨，现在正在做一份大餐，你认为是什么样的大餐？

_____

_____

_____

573. 在你认识的朋友中，其中认识过程比较特别的那个人是谁，描述你们相识的过程。

_____

_____

_____

574. 描述一下未来的医生。

_____

_____

_____

575. 描述今天让你开心的三件事。

_____

_____

_____

576. 在岁月的长河中，有许多的"第一次"如繁星般璀璨，比如第一次下厨，第一次骑马，第一次演讲。描写你生命中的某个第一次的场景。

_____

_____

_____

577. 一个丈夫发现自己的妻子有超能力，他会有何反应？把他的所有思想活动都写下来。

_____

_____

_____

578. 找个合适的地方，闭目聆听周围的声音，用一段文字描述出来。

_____

_____

_____

579. 描述你的新发明。

580. 李白吃到了汉堡会怎样评价？

581. 假设你被捆绑在一个废弃的仓库里，你会如何自救？

582. 列举至少五个上星期的网络热搜话题。

583. 两个同学因为哪个游戏更好玩发生争吵，写下他们的对话。

584. 如果你是一位歌手，可以挑选任意一位历史上的诗词名家为你的歌曲作词，你会选谁？为什么？

585. 畅想二十年后可能成为热搜的话题。

586. 描述让你印象深刻的广告语。

_____

_____

_____

587. 假如你能回到父母的童年时代，与他们相遇并成为朋友，会是怎样的情景？

_____

_____

_____

588. 写下你想对过去的自己说的话。

_____

_____

_____

589. 你喜欢收集什么东西？

_____

_____

_____

590. 调查一下那些在学校展现出非凡领导才能和组织能力的风云人物后来怎么样了。

591. 假设男主角每天都会收到一封匿名的情书，信中的文字充满了深情和关怀，但他不知道是谁写的。女主角则在默默地观察着男主角的反应，心中充满了期待和不安。给这个故事续写一个结尾。

592. 想象你的亲人拥有了一种特殊能力，比如读心术，这会如何改变你们之间的相处和交流？

593. 写一段你在公园游玩的回忆。

594. 形容一下苹果的味道。

595. 论述一下辛弃疾对宋词的贡献。

596. 假如三百年后人类将在火星上建造城市，描述一下这一场景。

597. 想象一位女生陪伴男生治疗癌症的过程中遇到了哪些困难。

598. 为一位逝者编辑一条悼念微博。

599. 假如有一天，你和父母的角色互换，会发生什么样的故事？描述这一天里的点点滴滴。

600. 想象一下世界被机器人统治的情景。

601. 公司的老板突然决定给全体员工放一个月的带薪假，背后的原因是什么？

_____

_____

_____

602. 你怎么把豪华游艇卖给住在沙漠里的人？

_____

_____

_____

603. 当面对他人的误解，你会如何清晰地表达自己的真实想法和感受？

_____

_____

_____

604. 警察找上门了，你可能做了什么？

_____

_____

_____

605. 如果你能听懂鸟语，你将会说什么话来和鸟类成为朋友？

606. 以"宠物的秘密世界"为题，想象当你不在家时，宠物们会去探索一个怎样神秘而有趣的世界。

607. 你在路上遇到了一种动物，这种动物可以是现实中存在的，也可以是想象中的奇幻生物。它是什么样的？

608. 想象一下星期日的味道。

609. 假如你被拘留了，导致你被拘留的原因是什么？

610. 有一个圆柱形的蛋糕，要分给五个小朋友，需要保证每块高度一致，只能切三刀，怎么切能尽量平均分配？

611. 父亲给过你最好的建议是什么?

612. 你更喜欢碳酸饮料还是咖啡，为什么?

613. 朋友剪了个很酷的发型，你该如何赞美他?

614. 公路上突然出现时空裂缝，你会怎么办?

615. 如果要你为十二生肖重新选择动物，你会选择哪些动物？

616. 你最想得到却没有得到的东西是什么？

617. 当你骑着飞天扫帚从城市上空飞过的时候，你看到了什么？

618. 假如亲情可以用颜色来表示，你觉得你与家人之间的亲情
是什么颜色？为什么？

619. 如果一件事没有做成功，你会怎么办？

_____

_____

_____

620. 你在丛林里迷失了方向且遇到了猛兽。你该如何摆脱猛兽的袭击？

_____

_____

_____

621. 蜘蛛侠和钢铁侠打架，你怎么劝架？

_____

_____

_____

622. 向你的孩子介绍国产 3A 大作《黑神话：悟空》这款游戏。

_____

_____

_____

623. 想象自己拥有超能力后的生活。

624. 水杯的盖子为什么是圆的？请列出这么制作的理由。

625. 你小时候最神奇的幻想是什么？

626. 你小时候最喜欢的游戏是什么？

627. 假如你是生命极其短暂的蜉蝣，在你短暂的一生中，你会做些什么？

_____

_____

_____

628. 充分发挥想象力，设想死刑犯在被执行死刑前的内心状态和最想说的话。

_____

_____

_____

_____

629. 设想自己拥有至少三种不同的身份和相应的工作，比如：考古学家、太空探险家、甜品师、时尚设计师、古代文学家、深海潜水员等。这些工作各不相同，你最喜欢的是哪一个身份？工作中最有成就感的一刻是什么样的？

_____

_____

_____

_____

630. 假设一个流行音乐歌手去到新闻频道担任主播，想象他会以怎样独特的风格播报新闻。

631. 中国经典书籍里让你印象深刻的人物是谁？写下你对他的印象。

632. 如果有来生，你希望成为一个什么样的人？为什么？

633. 你在公交车上听到过什么有趣的故事？

634. 假设你是公司的 CEO，需要辞退一位高管。你要怎么写一封辞退信？

635. 这位被辞退的高管收到辞退信后，他会有什么反应？

636. 假如你是生活在北京胡同里的一只猫，描述一下你看到的胡同景象。

637. 你最早接触的漫画书或故事书是什么？

_____

_____

_____

638. 你会如何定义自我？

_____

_____

_____

639. 你会如何定义善良？

_____

_____

_____

640. 你被邀请参加一档"海底两万里寻宝"节目，你为什么拒绝？

_____

_____

_____

641. 如果玩捉迷藏游戏，你会选择什么搞怪的方式来隐藏自己？

642. 接线员接到一个小朋友的报警电话，小朋友问："我梦到坏人在追我，醒来很害怕，我该怎么办？"接线员该如何回答？

643. 假如友谊有味道，会是什么样的味道？是甜蜜的巧克力，还是清新的柠檬？

644. 我国哪位作家的哪一部作品给你的印象最深？为什么？

645. 这里是"110"，请问你遇到了什么情况？

646. 描述一下你最想要的一款手机。

647. 列举早起的好处。

648. 说说你上一次去公园的经历，描述一下当时的所见所闻。

_____

_____

_____

649. 如果一天只有九个小时，你会怎么度过这一天？

_____

_____

_____

650. 冰糖葫芦的味道让你想起什么？

_____

_____

_____

651. 如果人的记忆可以像电脑文件一样复制和删除，世界将会发生什么？

_____

_____

_____

652. 假如动物也能像人类一样结婚，选择一种动物，描绘它们的结婚仪式和婚后生活。

653. 那个与你争斗了一辈子的人，最后竟被病魔缠身。当你得知这个消息时，心中五味杂陈。写一段话安慰他，鼓励他振作起来。

654. 如果你可以改变过去发生的一件事的结果，你会选择改变什么？为什么？

655. 如果《流浪地球》的情形成真了，你会如何拯救世界？

_____

_____

_____

656. 你本周三的感觉如何？

_____

_____

_____

657. 你认为冬天最不能缺少的三样东西是什么？

_____

_____

_____

658. 设想未来人类移民到一颗新星球后的生活场景，包括居住环境、社会结构、工作模式等方面。

_____

_____

_____

659. 在电影节上，你获得了"最佳导演奖"，你的获奖感言是什么？

_____

_____

_____

_____

660. 声音在我们的生活中无处不在，最令你难忘的是什么声音？

_____

_____

_____

661. 结合"春风得意马蹄疾，一日看尽长安花"这首诗的背景，谈谈你对这首诗的理解。

_____

_____

_____

_____

_____

662. 如果你是一名运动员，你想参加奥运会的什么项目？为什么？

_____

_____

_____

663. 如果几万年后地球被陨石撞击，只剩下一种物种存活，你认为会是什么？

_____

_____

_____

664. 从出生到现在，时光荏苒。在过去的这些年里，你最想回到哪一年？

_____

_____

_____

_____

665. 你能为一个饱受战争蹂躏的国家提供的力所能及的帮助是什么？

_____

_____

_____

666. 如果有机会给科学界传达一句话，你会选择说什么？

_____

_____

_____

667. 描述你喜欢的书画作品。

_____

_____

_____

668. 通过本书的练习，你在写作方面有了哪些进步，得到了哪些收获？

_____

_____

_____